My School

Mi Escuela

Written by Ginger Foglesong Guy
Illustrations by Viví Escrivá

Escrito por Ginger Foglesong Guy
Ilustrado por Viví Escrivá

HarperFestival®
A Division of HarperCollins Publishers

rayo

Escuela.

School.

Niños.

Children.

Clase.
Classroom.

Maestra.
Teacher.

Libros.

Books.

Pinturas.   Paints.

Alfabeto.
Alphabet.

Aa

Bb

Cc

Dd

¡Recreo! Recess!

Pelota.

Ball.

Columpio.

Swing.

Barras.   Bars.

Comba.

Jump rope.

Fútbol.
Soccer.

Tobogán.
Slide.

¡AY!

OUCH!

Amigos.

Friends.

Mi escuela.   My school.